文芸社セレクション

いつも音楽があった
—私たちの物語

田代 孝子

文芸社

目次

母の死

「孝ちゃーん、孝ちゃーん」登校途中の私を背後から呼ぶ声があった。

ふりむくと叔母のケエ子の声だった。

「お母ちゃん、死んじゃったよ。早く帰って。これから近くの親戚に知らせに行ってくるから。」

友と別れて、一人で今来た道を戻り、家へと向かった。玄関に入ると、父が母にとりすがり、号泣している姿があった。私の心は凍りついたように、何の考えも浮かばず、その場に座り込んだまま、その情景をただ見守るばかりだった。しかし、涙は出てこなかった。

何故か、私は泣いてはいけない、泣くまいと思っていたのだろうか？

泣いたら、自分はどうかなってしまうような恐怖を感じていたのだろうか？

その心の深層は未だにわからない。が、しかし、あの場の情景は、部屋の隅から隅迄思い浮かべる事ができる。それ程心に焼きついて忘れる事ができないでいる。

小学校二年生の九月の事であった。母、享年四十二だった。

三ヶ月前の七月の七夕の頃だったと記憶している。母の病気が発覚し、大きな病院へ入院する事になり、父は布団を車に積み込み、母と共に出かけていった。

私は一人家に残され、淋しさと悲しみ、母に起こった、ただ事ではない情況に不安も感じ、一人で泣いていた。ちゃぶ台の影で泣いていた事を覚えている。しかし、その後の事は何も記憶がないので、泣きながら寝入ってしまったのだろう。

私は昭和二十年七月、終戦の年に疎開先の母の実家がある新潟県小千谷市の病院で産声を上げた。父は戦地に赴き、母は東京で暮らしていたが、空襲が激しくなり、疎開したという話だった。何故か逆子のため、当時ではめずらしい病院で帝王切開のお産であったそうだ。そして、先にはもう子供を産めない体になったそうだった。

終戦となり、父が迎えにきて、東京へ戻り親子三人の暮らしが始まったのだという。

後にも先にも、もう子供は私一人しかないという事で、大事に大事に育てられた様だ。

小学二年にもなって母と一枚布団の中で抱かれながら眠っていた事は忘れもしない。

お母ちゃんのいない生活は考えられない、一人娘であった。それが、今日から、お母ちゃんは病院へ。私はどうするの？　誰と寝るの？　そんな不安と、母を私の手からもぎ取っていった、この入院の日が、私が母と決別した最悪の日だったのだろう。

だから、その後、胃癌の手術を受け、もう手遅れ状態であり、何の処置もできなかった、という大人達のヒソヒソ話を聞きながら、母の死は予見もし、淋しさ、悲しみを心の奥深く封印してしまっていたのかもしれない。

悲しみの涙は、あの日、一人残された日に流せるだけ流したのかもしれない。

母のいない日々、しかし、退院して帰ってきた母は、もとの母ではなく、やせ細って、布団に横たわり、苦しみあえいでいる人で、以前のように私を愛しんでくれていた母とは違っていたのだった。その姿を見て、淋しさ、悲しみ、恐ろしさを感じていたのだと思う。

そして母の死、この事が、将来、私のトラウマとなり、大切な人を失う、この恐怖に常に心の不安を覚えるようになったのかもしれない。

しかし、その様な情況にいたらないよう、常に自ら、明るく、多くの友達に囲まれ、でも物静かな、口数の少ない、感情を表に出さない少女時代だった。

その後の生い立ち

八歳の九月、母は亡くなり覚えている事はひな段のような立派な段飾りの一番上段に、母の遺影が飾られ、いろいろな人達が手をあわせて拝む姿だった。中でも、当時、私の担任の若い女の先生が手を合わせている姿、その後ろ姿のうなじの白さが美しく、心に焼きついている。そして、運動場の片すみで、膝をついて、私の手を握りしめ、「困った事があったら何でも先生に相談してネ、お母さんと思って」と話してくれた。何故か忘れられない。美しい若い先生だった。

その後、父は今迄勤めていた遠方の会社を辞め、母の一番下の妹である、二十歳も年の離れた私の叔母にあたる人と再婚した。

郷里、新潟県から上京し、女中奉公（当時はそう呼んでいた）をしていたその人は、私の母が病のため入院する事になったため、急きょ、家の手伝いをするため、仕事を辞めていた。

父は全く他人と再婚すれば、私がつらい思いをすると考えた様だった。私との年の差は十二歳だった。母とは思えず、ずっと田舎のオバという気持だった。

そして、弟・妹も生まれ、我が家は父の失業と共に良い仕事が見つからず貧乏のどん底の様だった。

それ迄住んでいた百二十坪の土地と小さいながら建てた家も三分の二程、売り、バラックの家を建て、移り住んだ。

とても粗末な家で、台風の時は屋根がふきとばされそうで、父は、風雨の中、黒い雨合羽を着て修理に、屋根へ登る。

恐ろしさと、父の危険を思い、ふるえていた子供だった。

そんな貧しさの中、父は、「心配しないで、一生懸命勉強しなさい。おまえは学校の勉強がよくできる子だから」といってくれた。

書道と珠算塾へも通わせてくれて、中学生になってからは、近所に開講した進学塾へも通わせてくれた。あの状況下では心からの、感謝しかない。

そこで、音楽の好きな友人もでき、一緒に近くの日曜学校へ通った。

その学校の先生は、友人と私が歌の上手な事を知り、クリスマス会の劇中で二重唱を唱わせてくれた。「荒野の果てに」と私達は唱った。

歌を唱う事、音楽をする楽しさ、喜びを知った事は、私の人生の中で心の安定と幸福をもたらす事になった。

高校卒業後、貿易商社に勤務し、会社の合唱団に入り、混声合唱の部のコンクールで、入賞をした。コンサートも開かれた。

ある時、ふと、もっと大曲を唱ってみたいという願望が湧いた。そんな折、東京文化会館でのコンサートへ出かけた時、入口で配られていた「合唱団員募集」というチラシが目にとまった。早速、友人にそのチラシを見せて二人で入団する事に決めたのだった。それは「フィルハーモニー合唱団」といった。

夫との出会い

フィルハーモニー合唱団は一九六七年、九月、宗教音楽を演奏する目的で創立された、アマチュア合唱団だった。シンフォニックコーラスというオーケストラと演奏するレベルの高い団体だった。練習もかなり厳しいものだった。

すでに初演コンサートは翌年の四月、ハイドン作曲、オラトリオ「天地創造」が演奏されていた。私達が入団したのはその年の六月、ベートーヴェンの「第九」を練習していた。

その一ヶ月前、五月に入団していたのが、後に夫となった彼と、大学時代、共に合唱部に籍をおいていた友人だった。私達四人は同年でもあり、すぐに仲良くなった。「第九」の四楽章の合唱の部をドイツ語で唱う事、初めての大曲に臨む、緊張と、難しい音楽に対し、指揮者（指導者）の音楽への情熱と厳しさに圧倒され、心身共に魂をうばわれてしまった。

若さと情熱を思い切りぶつけられる事に、初めて出会ったようだった。

指導者は、音楽（合唱）にプロもアマもない。心から音楽に向き合う、心から唱う事を求めた。

しかし、難しくて、ただ必死な毎日だった。そして、彼と私は団員達の活動の中心となり、練習後には運営委員として共に過すことで、親しくなり急接近していった。当時二十三歳。

若かった私達は、帰りの時間以降が二人だけのデートの時間になり、熱烈な恋へと発展していった。

彼は音楽に関してはツウという域をはるかに越え、あらゆるクラシック音楽に精通していた。子供の頃に、夕食後にはバッハのブランデンブルグ協奏曲を毎晩聴かされたそうだ。彼の父は、昔、奉公先の主人からバッハを聴かされ、大好きになったという事だった。大正時代の事なので、何とも進歩的な話である。

そんな音楽的感性が父親から息子へと伝わったのだろう。彼は繊細で豊かな音楽性の持ち主に育ったのかもしれない。

又、すばらしい美声でもあった。ベースだった。機械好きで、手造りのアンプ、スピーカーでクラシックレコードを聴く、オーディオマニアでもあった。

私は交際中、もっと接近する機会を持ちたいと、その頃、お給料で買った大切にしていたステレオ装置の不具合をみてもらう事を、彼に頼んだ。

彼の仕事は、電気通信電設の会社だった。次の休みの日、彼は私の家に飛んできてくれた。丁寧に装置の点検をしてくれて、楽しく食事を共にした。一人暮らしで、つつましかった彼にとって家庭的な食事は、とてもうれしかったようだった。私達はますます、信頼関係も深まり、デートも度重なっていった。

夜のデートでは彼のポケットに一緒に手をつっ込んで、夜の街を歩いたりした。

二人で一緒にいるだけで幸せだった。

当時、商社を辞めて、楽器店へ勤めていた私は、夜の会議で、今日は遅くなるから会えないと連絡した。その時、待っているから、と言って深夜迄営業している喫茶店で待つ彼。

大分待たせたので、もうあきらめて帰っただろうと、その喫茶店へ向かった。

しかし、言葉通り、彼は待っていてくれた。

「こんな時間になって、どうする?」と言えば「いいよ、このまま、家迄送るから、それだけでいいよ」と私の家迄、歩きながらおしゃべり。でも、その後「もう電車なくなるよ、どうするの?」「いいよ、歩いて帰るさ」「エーッ?」三軒茶屋の玉電の線路づたいに歩いて帰っていった彼だった。

普段も家迄必ず送ってくれていた。

深夜だから、という心づかいだったかもしれない。でも疲れて、早く下宿へ帰りたかったと思うのに、深夜の街に私を放り出す事は一度もなかった。

そんな彼の誠実さと優しさに、私にはこの人しかないと思うようになっていった。

入団から、二年半、一九七〇年の十二月迄第二回から第七回の公演で、メサイヤ、ヴェルディ、ドボルザークのレクィエム、ハイドンオラトリオ「四季」などを唱った。二回唱った曲も。

そして深夜のデートを重ねる中、彼は、「自分の将来は、名古屋の実家に戻り、家業の印刷屋を継ぐつもりでいるので、一緒にきてほしい」とプロポーズの言葉だった。

寒い冬の夜だった。

結婚迄の道のり

プロポーズを受けた次の日、私は仕事場へマスクをかけて出勤した。その頃、五年五ヶ月勤めた総合商社を辞めて、ピアノ楽器店に再就職をし、音楽教室の受付業務をしていた。

一緒に業務をしていた女の子に「かぜひいたの」と話した。しかし、お昼ごはんの時、マスクをはずし、「実は彼からプロポーズされて、激しいキスマークが……。」と打ち明けざるをえなかったのであった。

熱い口づけ、激しい口づけだった。

ある日、音楽教室のサロンに、帰りの私を迎えにきた彼、紫の小さな花束をかかえていた。とてもきれいで、「どうしたの？　何かのお祝い？」とたずねて、胸がドキドキした。

業務が終り、お教室を出ると、彼が語った言葉は、

「孝子を悲しませる事があるんだ。お詫びのつもりでこれを……。」と私にスミレの

花束を渡し、言葉を続けた。

私達の結婚に関して、彼の両親は私の家、つまり身上調査をしたのだという事だった。

隠しておいて、いつか知られた時、もっといやな思いをさせるより、きちんと話そう、と思ったのだそうだ。

何故か、涙がこぼれた。思いもよらない事で、私達は恋愛をして結婚するのだから、何も家の事など調べなくてもいいではないか。

やはりショックを感じた。

私の父も継母も田舎者で、学歴もなく、父の仕事も、失業してから、転々とし、かなり貧しい家庭だった。家もバラック小屋のような粗末な家であった。

しかし、私にとって最愛の父であったし、継母は、私と十二歳しか違わない若さで、「姉さんの娘だから、大切に育てなければ。」と、私にかなり気を使ってくれていた。そんな私の家庭をどう見られても、私は何も卑屈にも、劣等感にも思わない。しかし、何故か悲しかった。

でも、彼の思いやり、私の気持を察してなのか、スミレの可愛い花束に、〝カンベン〟と気を使ってくれた事を、素直に喜んだ。

結婚後に義母から聞いた話では、名古屋の風習として、嫁となる女性の里近くへ「ききあわせ」といって、家の調査をするのだそうだ。お見合ならば仲人という人がその役をするのだろうが、そうでない場合は、直接、きき回るそうだ。私が東京の娘だったため、それが出来ずに、興信所というプロに依頼したという事だった。

その様な名古屋の風習、しきたりというものを全く知らない無知な私だった。

名古屋では時に冠婚葬祭に対しては大きな、関心事だったのである。それにお金を使う事が当たり前な事でもあったようだ。

その数ヶ月後、一九七〇年の夏に大阪国際博覧会が開かれ、彼と二人で見学に。その時、初めて名古屋の彼の実家に行き、両親に紹介された。彼の両親は喜んで温かく私を迎えてくれた。ホッとして楽しい旅を終り、東京へ戻った後、思いがけない出来事が起った。それは結婚を阻む、というより、私にとっては思いもよらないつらい道につながる状況の話であった。

しきたりによると結婚の仲人は新郎の親類である伯父（叔父）にあたる人が多くその任にあたる、という事で、彼の母の兄にお願いしたところ、厳しい意見が返ってきたのだ。

「男というもの、仕事を変えるなら、一人前になる迄、二年間は修業だ。結婚はそれからだ。」

彼の伯父様は戦後、自分で貿易会社を立ちあげ、神戸で会社経営をしている方であった。

その話を代々木公園で聞いた私は、二年間も待てない、と言い残し、泣きながら家へと走り帰った。

父に泣きながら話をしていると、追いかけてきた彼は、父に訳を話し、自分は愛を貫く覚悟だと言い残し、帰っていった。

東京で共にいられる二年間なら、我慢もできる。結婚が先延ばしになる事は辛いけど。しかし、東京―名古屋と離れ離れの二年間なんて、私は耐えられないと思ったのだ。

今の時代の様に携帯電話など無く、家の電話も仕事で使っているもので、自由には使えない。又、当時長距離電話は大変高い時代だった。会いたくても新幹線は高くて使えない。

そんな暗雲立ち込める、辛い気持で過していた時、救いの手を差しのべてくれた人がいたのだ。その人は彼の祖母、伯父様の母だった。

可愛がっていた孫の結婚を、時を逸する事なく『鶴の一声』で、「結婚を引き延ばすのは可愛そう。仕事は一日、一日覚えていけばよいので、結婚させてやりなさい。」と伯父様に助言して下さった。

明治生まれ、御自身も五十歳で御主人を亡くし、厳しい人生を歩んでこられた方なので、伯父様も従わざるをえなかったのだと思った。

その年の十二月、彼は勤めていた電気通信会社を辞め、実家の印刷業の仕事に従事する事になり、私達は東京、名古屋と離れ離れの生活となった。

プロポーズから十ヶ月の時だった。

彼は東京で一人暮らしのつつましい生活の中、二人だけの、エンゲージリングとして、可愛い真珠の指輪を買ってくれた。

後に結納では、正式なダイヤモンドの指輪もいただいた。

今迄、毎日のように会っていた、彼と私。

その淋しさは一日だろうが、何年だろうが、変わりなく、辛い日々の始まりだった。

手紙を書く事しか、心なぐさめる事はない。お互いにセッセと文通をした。

結婚に向けて、彼の両親と私の父とで相談がなされ、式場選び、日取等、細かい打ち合わせが進んだ。当時の名古屋では、結婚は家と家との結びつきという考えであった。

六月には、法事の予定があり、親類、縁者を呼ぶので、結婚式はその後の十月という事になった。そして驚いたのは、招待客は、新郎の父方の親類と友人だけと聞かされた事であった。誰の結婚式なのか？　そんな事ありえるのかしら？　と。東京で友人達の結婚式を見てきた私には信じられなかったのである。

私達二人の友人は無しって？

初めて名古屋という土地柄を考えさせられショックを受けた事だった。

彼は両親に自分達の考えを訴え、策として式場は高額なホテルではなく、他を探す事に同意を求めた。

又引き出物も名古屋流の大きい物でなくてはならない、という事に反論。自分達で選んだ小さいけれど、銀の飾りのほどこされたスプーン、フォークのセット、としてもらった。

両親は反対したが、彼が意志を曲げなかったため、苦肉の策として、大きな桐箱入りのお赤飯、かつお節、和菓子の三つ引きなどを加えた。

嫁入道具に関しても注文が入った。着物は訪問着と喪服があればよいと言われ、ホッとしたのだが、カラーテレビが欲しいと言われた。私達二人は音楽好きでレコードを聴く事はあっても、ほとんどテレビは見なかった。

又、カラーテレビはまだまだ高かった。

当時、楽器店に勤めていた私は、社員には無料でピアノレッスンを受けさせてもらえる特点があり、又社員割引もあったのでピアノを購入していた。もちろん嫁入りに持っていく事も彼の了承済だった。

そのため、私はカラーテレビの要求には報いず、自分の考えを通したのだった。

名古屋というところは嫁入道具を乗せた家具店のトラックに紅白の太い帯をお道具に巻きつけ、街中を走って婚家へ運び入れる習慣があったのだ。

あそこの嫁入りはトラック、何台だった。××家具屋だった。などと御近所の人達は見物に集まるという事だった。

だからカラーテレビがある、という事は、義母のプライドの問題でもあったのだと思う。

しかし「カラーテレビはなくてもピアノがあったからネー。」と満足気な様子だったと後から聞いた話だった。

数々の意見のくい違いや、納得のできない事もある中、十ヶ月の遠距離期間を経て、十月十七日、結婚式を迎える事になった。

結婚式、一週間前に交した最後の手紙

十月九日　隆治

孝子、とにかく長い間でしたが、待たせて悪かったと思ってます。これ以上に言う事はありません。絶句。

これからは『精神、肉体』共々、健康に注意して何十年かわからないけど、暮らしていくのです。

今は、健康な孝子が早く来てくれる事だけを願っています。

十月十一日　孝子

隆治さん、一週間前になりました。信じられますか？　長い長いと思っていた交際期間もやっとあと一週間を残すだけになったのですね。孝子はまだ不思議な気持です。

毎日落ち着かなくてたまりません。

そして、最後の一週間も隆治さんが恋しくてたまらないでしょう。

電話で「あまりフラフラせずに家にじっとしていなさい。危ないから。」と言われた時、子供扱いみたいで、可笑しかったけれども、嬉しかったです。

隆治さんの気持がジーンと伝わってきて、素直な気持になりました。

お手紙が丁度着きました。

この二年間近くの二人が歩んできた道を思い返すと本当に何も言えない気持になってきます。孝子のグリーンの日記帳、これに続く二人の交換した手紙、これらが馴れ初めから、愛に進んでいった過程を物語ってくれていると思います。

こんなに一筋に深くただ一心に隆治さんの愛に歩んでこられて、この日を迎える事ができるのですね。悲しい事も、淋しい事も、辛い事もたくさんありました。

泣き顔を見せていた時の方が多かったかもしれません。でも、それだけ、沢山流した涙が、喜びに代わる時、それが十月十七日なのですね。孝子は、この喜びを胸いっぱいに抱きしめて、隆治さんの胸の中へ飛んでいきます。しばらくの間、孝子は正気の人間でなくなるかもしれません。

どうぞ、理解して下さい。

ゆうべは、北海道の夢を見ました。

そこはあまりにも美しく、夢なのにカラーなのです。楽しみです。

十月十三日　隆治

孝子、今、十三日、午前二時半、ベッドに潜り込んで最後のラブレターを書いています。

後、四日、長かったけど、不安だったけど耐えてくれてなお、名古屋まで来てくれる人間だったら、隆治を理解し、愛情を育てていけるはずと思っていました。

孝子と初めて歩いた、大久保から練習場の『学生の家』までの道。あの時、ふっとこの人と一緒になるかもしれないと、思った気がします。

あれから、二年半。これからも、何時でも何かと発見し合って、フレッシュな気持を持って、家庭を築いていく事ができたらと思います。式が終ったら、旅行中は孝子の為の隆治になって、夢が実りますように。

無事、孝子が隆治の胸の中に来るように祈りながら、おやすみ。

一九七一年、十月、十七日（月）

名古屋市、名城会館にて挙式

北海道へ新婚旅行

結婚生活

名古屋―東京と遠距離交際の十ヶ月間、二人の交わしたレターは七十通も越えたものだった。私が淋しくて、悲しくて書いた手紙が多かったが、彼の手紙は薄い用紙に小さな字でビッシリと綴られていた。

どの手紙も愛情あふれた文で、私を大切に思ってくれている気持が伝わってきた。

その交際も終り、式と新婚旅行も無事終った。二人で腕を組み、家に帰り着いた時、待っていたのは彼の祖母だった（母方の祖母）。

飛行機が遅れた事で心配をした祖母は寒空の中、外で一人佇ずんで、帰りを待っていたのだった。

仏間に入り、正座して、両親・祖母に挨拶をした。

「ふつつかな嫁ですが、よろしくお願い致します。」

誰に教わった訳もないのに、自然な行動をして言葉が流れて出てきた。

彼と私の恋愛は終った。

あと何日、あと何日と一緒になれる日を、カレンダーに数字を書き込み、一日千秋の思いで待った結婚生活は、夢見たものとは違うものだった。

それは交際中に体験した、名古屋のしきたり、風習などをたたき込まれる事による、とまどい、ストレスとなって心に苦痛を伴うものだった。

三ヶ月程経って、妊娠した事がわかると、子育てに関しても名古屋流を押しつけられる事は耐えがたかった。

そして生まれたのは女の子。

娘がいなかった義母にとっては、この初孫の嫁入りに大きな希望を抱いた事だろう。

『百万円の結納をもらったら、この辺のしきたりでは一千万円の嫁入仕度をしなければならない。心して倹約をしなさい。』と。

まだ生まれたばかりなのに、そんな先の事、結婚するかも、結納をもらうかもわからないのに。と、とまどいばかりだった。

そして子供の誕生にまつわる、数々の行事、お七夜に始まり、お宮参り、お食い初め、初節句、初誕生の祝い等々、加えて、名古屋は、子供の「名披露目《ナビロメ》」といい、親類、縁者を招待してお披露目するのだった。それはお祝いをいただくためのものだったようだ。

料金受取人払郵便

新宿局承認

7552

差出有効期間
2024年1月
31日まで
（切手不要）

郵便はがき

1 6 0-8 7 9 1

1 4 1

東京都新宿区新宿1－10－1

(株)文芸社

愛読者カード係 行

お名前《ふりがな》			明治　大正 昭和　平成　年生　歳	
ご住所《ふりがな》	□□□-□□□□			性別 男・女
お電話番号	（書籍ご注文の際に必要です）	ご職業		
E-mail				
ご購読雑誌（複数可）			ご購読新聞 新聞	

最近読んでおもしろかった本や今後、とりあげてほしいテーマをお教えください。

ご自分の研究成果や経験、お考え等を出版してみたいというお気持ちはありますか。

ある　　ない　　内容・テーマ（　　　　　　　　　　）

現在完成した作品をお持ちですか。

ある　　ない　　ジャンル・原稿量（　　　　　　　　　　）

書　名					
お買上 書　店	都道 府県	市区 郡	書店名 ご購入日	書店 年　月　日	

本書をどこでお知りになりましたか?
1.書店店頭　2.知人にすすめられて　3.インターネット(サイト名　　　　　　)
4.DMハガキ　5.広告、記事を見て(新聞、雑誌名　　　　　　)

上の質問に関連して、ご購入の決め手となったのは?
1.タイトル　2.著者　3.内容　4.カバーデザイン　5.帯
その他ご自由にお書きください。
(　　　　　　)

本書についてのご意見、ご感想をお聞かせください。
①内容について

②カバー、タイトル、帯について

弊社Webサイトからもご意見、ご感想をお寄せいただけます。

ご協力ありがとうございました。
※お寄せいただいたご意見、ご感想は新聞広告等で匿名にて使わせていただくことがあります。
※お客様の個人情報は、小社からの連絡のみに使用します。社外に提供することは一切ありません。

■書籍のご注文は、お近くの書店または、ブックサービス(0120-29-9625)、セブンネットショッピング(http://7net.omni7.jp/)にお申し込み下さい。

お宮参りに着る産着、初節句の節句人形は、嫁の里が用意するのだという。貧しい実家の親にその様な話をするのは、心が痛んだ。それでも父は可愛い初孫のために、産着を送ってくれた。しかし、お食い初めの、お膳セットなど知るよしもなし、絵柄の付いた美しいお膳を送ってきたのだった。

しかし、義母は食器が付いていない、と言って、自分でデパートでお食い初め用セットを購入してきたのだった。

簡単にデパートで購入出来るものなら、私に言ってくれれば、自分で用意したものなのに、と私は思った。何もかも、しきたり通り嫁の里で用意しなければならない、と考えるその考えには昭和生まれ、東京育ち、戦後の教育を受けてきた私は、従っていけるものでは、なかった。

初節句のおひな様も父にはねだれない。私には夢があった。結婚前に木目込み人形を習って、何体も作っていた。

可愛い、娘のために、一体、一体作って揃えていきたかった。夫も賛成だった。

しかし、十二月生まれの娘が迎える初節句の三月迄には、間にあわない。

義父母は、自分達には女の子がいなかった事もあり、立派な七段飾りのおひな様を買ってくれたのだった。嫁の里から来ないのなら、と用意してくれたのだ。そして又、又親類縁者を招待して祝膳を囲み、披露したのだった。

初誕生の一升もち背負いを済ませ、一連の行事がとどこおりなく終ってからは、今度は育児に関しての干渉が、胸にささり、女の子は嫁入りのため、良い嫁入りをさせるように育てる事が目的である、という考えだった。

冠婚葬祭が大切なのであった。

ストレスに押しつぶされそうだった私に、夫は、「耐えられなかったら、家を出てもいいよ。しかし、仕事は探さなければならない。経済は苦しくなるよ。覚悟できる?」と言ってくれた。その言葉に、一つの覚悟を決めた。夫を苦しめてはいけない。愛し合って、結婚したのに、他の原因のため、二人の生活を脅かす事はできない。二人で話し合い、子供の育児、教育は、私達二人の意志で決めていきたい。日々、着物を何枚着せるように、とか、靴下をはかせないといけない、とか　泣けば、何故泣かせているのだ、とか、こまごま言ってほしくなかったのである。

干渉はしてほしくなかったのである。

そして家の棟が分かれているので、それぞれ、独立した生計で生活していきたい旨を、義父母に申し出たのである。

東京から来た嫁の反乱であった。

義父母は驚きと失望でショックだったと思う。しかし、お互いを冷静に見られる距離を持ちたかったのである。

息子が大学、就職と家を離れ、何年も別々に暮らし、東京から家に戻り、家業を継ぐという事になった。嫁さんになる女性も連れてきた。そして初孫が生まれた。

その生活の変化により、どれだけか将来に大きな夢が持て、張り切ってやまない義父母の心情を考えると、つらい気持もあった。

東京から何も知らずに名古屋へ嫁いだ嫁教育に胸躍らせていた事と思う。又、知らずにいては将来、恥をかくのは嫁であるから、教育は大切だと信じていた事と思う。

しかし、時代は変わる。信じられないような名古屋の風習は今時、誰も従う者はいなくなった。

いつかは私の気持もわかってもらおう。

ただ、ひたすら子育てに邁進し、愛情を注いでいくつもりだった。

時が過ぎ、第二子男児、第三子女児の五人家族となった。それぞれ、二歳違いだったため、子育てに追われる毎日となった。

ただ一つの願望は、子供達には音楽を学ばせる、という教育だった。

幼稚園に通う三、四歳頃から、長女はピアノ。長男と次女はヴァイオリン。音楽学校に通いレッスンを受ける事となった。

毎日、家での練習を三人にさせる事を、約束事として行った。土、日曜日は必ず家族で一緒に遊ぶ。

そんな生活で、孫の努力の結果、発表会やコンクール等、又幼稚園、学校の行事は、祖父母（義父母）達も、共に参加、楽しんでもらう事にして、三世代家族の連携を図っていった。

祖父母達の心情もやがておだやかに、愛しい孫の成長を楽しみにしてくれるようになった。

そして長女の私立中学受験では、名古屋で最難関を突破したのだった。

祖母（義母）の孫の嫁入りに対する願望やこだわりの夢は、一時中断し、楚々とした制服に身を包んだ孫の中学生姿に目を細め、お仲間の友人達から羨望の的となった。

長男、次女も後に続き、奮闘してくれた。それにもまして父親である夫の努力はいかばかりだったか？　夫の小づかいなど無に等しかった。

老いてゆく両親に代り、仕事の中心となり大型機械化となった印刷機の止まる時間はなく、毎晩、深夜迄工場は運転音が響いていた。

又、夫は倹約家であり、工場にエアコンを設置する事もなく、夏は蒸し風呂の様な状態で、一人黙々と汗と油にまみれ、機械を回していた。私は手内職の仕事に没頭した。

子供達の成長と共に狭くなった、古い家の部分の建替に夢を抱いて、仕事が終ってから二人で図面を引き、ハウスメーカーを巡り、念願のマイホームを実現したのだった。

リビング兼レッスン室ができた事で、三人の子供達が、順番にレッスンに励む。その姿に大きな楽しみを感じていた。

しかし、今から考えると、教育費、レッスン費、マイホームローン、楽器代（ヴァイオリンは子供サイズから順々に大きく買い換えていかねばならず、高額だった）（長女にはグランドピアノを）等々どのように捻出していたのか、思い出せないのである。

いつも資金繰りに奔走していたと記憶するがそんな生活を見ていた義母、そしてその母、刈谷に住む夫のお祖母様は、いつも私達のために助け船を出してくれたのだった。

それは金銭的援助ではなく、日々育ち盛りの孫達、そして子供のために日夜、仕事に追われている夫のため、事ある毎、多くの差入れをしてくれたのだ。

大量の牛肉等を仕入れてくれたりした。夫のお祖母様（孫の曽祖母）は刈谷に広い畑を持ち、野菜作りをしながらの一人暮らしであった。真冬の三ヶ月間程、畑仕事がない間は、我が家（名古屋）へ来て、袋張りなどを手伝って過した。

終戦の年、昭和二十年、夫は生まれた。

その二年後、弟が生まれ、戦後のまだどさくさであった頃である。

義父は会社勤めをしていたが、給料遅配で生活が成り立たず、自分で商売を始める事になったという事だった。

当時、家族四人に加え、義父方の祖父・祖母、又住み込みの工員も何人かいて、義母は小さな夫と乳飲み児の弟をかかえながら、家事、商売の仕事をこなす事は、困難となり、兄になった夫を母方の刈谷の祖母宅へ預ける事にした、という事だった。

夫は小学校へ入学する一年前、幼稚園入園の日迄、親元を離れ、刈谷の祖父母宅で育てられた。まだまだ母親恋しい年齢であり、淋しい思いだったと夫から聞かされた。

しかし、お祖母ちゃん子で畑で走り回って遊び、自然に親しみ、明治生まれの祖母に大変、愛され、又厳しいしつけも受けたという事であった。

物を大切にする、質素な生活をする、そして誰にも、やさしく思いやり深い人格も、祖父母を大切にしながら、生きてゆく中で培われていったのかもしれない。

　そして私達が結婚してからは秋になり、柿の実が実る頃は、必ず家族全員で刈谷の畑の柿刈りに行った。

　お祖母様の手作りの御馳走をお腹いっぱいいただき、おみやげの柿を車いっぱい積んで帰る、その日はとても楽しかった。

又野菜も私達家族が食べてゆくのに充分な程、たくさん収穫され、どれだけ家計が助けられたかしれない。本当に有難い事であった。

　五十歳位で夫を亡くし、一人暮らしになった夫の祖母にとって、野菜作りをして家族などに食べてもらう事、又、春夏秋冬、折り折りに（お祭りなど）、朝早く暗いうちから起きて、御馳走を作っては、飛脚（屋）で送り届ける事、それらが生き甲斐でもあったのかもしれない。刈谷から名古屋へ、お昼には届くのであった。赤い漆塗りの大きな箱に入っていた。

　お赤飯、お寿司（チラシ寿司、太のり巻き、おいなり、押し寿司）、炊き込みご飯、おはぎ（あんこ、きなこ、ごま）、魚の煮付（一ぴき丸ごと姿など全く煮くずれせず美味だった）等、すべて大量で絶品だった。

　おこしもん、というこの地方の昔からある名物もあった。松、梅、等の型に流し込んだ色とりどり美しい米粉のお菓子は、ひな祭りが近付くと、うるし箱いっぱいで送られてくるのだった。それを焼いて、砂糖としょう油の甘からダレをからませていただく。子供達のおやつに最適で、皆お腹いっぱい食べるのだった。又、安くなった古米を送ってくれた。

義父母は、「私達は老い先、短いのだから古米など食べたくない。米屋から新米の美味しい米を買うから、この古米はあんた達で食べなさい。」とゆずってくれるのだった。古米だろうが、ぜいたくは言えない。時々、米の中から虫や、チョウになったものも出てくる。最初にたっぷりの水に浮かせて、それらをそうじしてから、米をとぐのである。慣れれば、なんてこともない。倹約につながる事に、ぜいたくはいえなかった。

又、お正月前には三升の分のお鏡餅をついてくれたのだった。夫がそれを受け取りに行く。大きな二段のお鏡餅に生の老海を飾る、その飾りを作るのは義父の仕事で、楽しみの一つだったようだ。

そして鏡開きは、そのおもちをいただく事だ。しかし、大きくて、又日数が経っている事でカチカチであった。どのようにして、小さく切り分けるか、最初はとまどったが、妙案を知った。米袋に入れてそのまま電子レンジで温める。やわらかくなったら、そのまま、米袋の中で平にのす。平たいおもちにして少し固くなったら、取り出し、小さく切り分けるのだった。新しいおもちの様になるのだ。我が家は全員、おもちが好きだったので、おもちが無くなる迄、経済が助かったのであった。この様な助け船のおかげで、食べ盛りの子供達に食べる事でつらい思いはさせなくて済んだのだった。

夫のお祖母さんは九十三歳迄、一人暮らしを続けたが、病となった時は、我が家で、皆の力を結集して介護し、看取る事ができた。

その娘である義母も料理好きで、大変上手だった。大正生まれであるが、ガスオーブンを使っての料理をするようなモダンな人だった。

嫁入りした当時、私は何もできない女だった。義母の作る料理を見て少しずつ覚えていった。手ヌキをしない料理。

カレー粉は炒めて、小麦粉を加え、又炒めて水を加えながら、ルーを作る、等。

マカロニをゆでて、ホワイトソースは最初から牛乳とバターでねり、グラタンを作る。オーブンで焼きあげる。私には真似できない事だった。ハンバーグもミンチ、玉ねぎのみじん切りをよく炒め、ワラジの様な巨大なものを人数分作っていた。

その他、義母の得意とした料理は、俵の様な大きいこぶし大のロールキャベツ。これも半日位コトコトと煮て、スープも美味。

かつお節をたっぷりかいて取った、だし汁と卵の分量をしっかり計り、具をたくさん入れて作る茶碗蒸し。

ぶた肉と野菜を煮込み、トウフ、ねぎを加えた赤出しみそ味の「ぶたみそ」と呼ばれる郷土料理。又、名古屋名物の、みそ煮込みうどん。これは有名店と同じく美味であった。

その後生計を分けた生活になってからは、自分で料理の本を頼りに、私は夫と子供のための料理作りに奔走した。しかし、義母の手ヌキのない料理作りを基本とし、励んだ。

義母の毎朝、みそ汁のダシ作りのかつおぶしをけずる音を聞きながら。

義母の最も、生き甲斐とも言える渾身込めた料理、それは我が家のお正月のお節料理だった。義母の作るお節料理を、家族全員が、お腹いっぱい食べるのが、お正月の楽しみだった。

家紋入りの脚台付の大きな五段の御重箱にぎっしりと、手造りのお料理が詰められていた。紅白の蒲鉾、飾り付きの蒲鉾、伊達巻、錦卵、黒豆、田作り、数の子、たたきごぼう、酢れんこん、紅白なます、栗きんとん、くわい、ゆり根、お煮しめ、京人参と棒ダラの煮物、身欠きニシンを巻いた大きな昆布巻、伊勢エビ、等々。

義母は何日も準備に時間を費やし、家族のために力を注いだのだと思う。元旦に、おとそと共に祝宴が済むと、座敷が変わり仏間で、義父のお手前のお抹茶をいただくのだった。その時の和菓子が名品ばかりだった。

これが我が家のお正月の行事だった。

二日目、三日目には牛肉のお出まし、スキヤキかシャブシャブが恒例であった。年末に忙しい印刷屋は大晦日迄、仕事、大掃除に追われるあわただしさで、お節作りは義母に任かせっきりであった。

ところが、ある年、年末に義母が急病で倒れたのである。私は慌てた。お料理の材料は整っていたが、料理には手が付けられていなかった。私はいやおうなしに、思い出し、思い出し、頑張ったのである。

義母の様には上手くいかなかったまでも、何とか危機を脱し、それからはお正月料理の研究、実積を積む事となった。

そして、その後義母の没後は、私から結婚した長男の嫁へと伝統は引き継がれていった。

夫が子供の時代は男家族の中で義母が一人料理に専念していたがそれは男全員が皆酒好きで、美味しい家庭料理をこよなく愛していたからだと思う。

夫の祖母、そして母である、私の義母の料理好きで、豊かな食生活の営みは、家族を愛する基本の心であった、と確信するのである。

家族一人一人が、皆を思いやる、やさしさに繋がり、深い感性も育ってゆくのだと、感じている。

夫も長男も男であっても料理好きで、大変上手い。私も嫁も彼らに教わる事、しばしばであった。そして又、家族のために豊かな食生活へと、努力する道をたどっていった。

夫の母、姑とは二十九年間、一つ屋根の下で、生計は別としたが、暮らした。

結婚当時は、反発もし、自分の考えを押し通したが、長年の月日が経ち、情も深まって理解もできるようになった。

わけても孫の成長を何よりの楽しみとして生き、長女の中・高・大一貫の学校に大変な喜びを表わし、大学学園祭も、見学に。又、卒業式には（祖父と）夫婦で参加。孫娘の晴れ姿を見たさに、そして学長の神父様の祝辞を拝聴したのだ。

又、次女のオーケストラとソリストとして共演したコンサートにも会場へ出かけ、幸福そうだった。

長男は東京の建設コンサルタント会社へ就職したのだが、入社当時、海外出張が多く、帰国して見せた海外で撮影してきた写真をうれしそうに眺めていた。

しかし何より喜んだ事は、息子（長男）の連れてきた美人の女の子が、とても気に入って、夫と私にきちんと結納を持っていくように、と用意してくれたのだった。

三人の孫達の成長を心から喜んで見てくれた事で、私は、昔、反発した事を許してもらえるかな？　と思った。

義母が亡くなった後は、心にぽっかりと大きな穴が空いたようで、無意識に頼っていた事が感じられ、毎日仏だんの前で手を合わせ、悲しみに沈んでいた。

もっと素直に甘えて、心あずけて生きてきたら、別の道も開けたのかもしれないと思った。

鎌倉生活

昭和四十六年十月名古屋で結婚式を挙げ、その後、平成十七年十月迄、三十四年間、印刷業を営んで生活した。二人の名古屋での生活だった。

両親と共に四人で仕事をしたが、両親の高齢化に伴い、夫と二人だけで仕事を回しながら、次第に病院通いの多くなった老親の世話も加わり、子供達も結婚の時期を迎えていた。

東京の大学へ通い、そのまま、東京で就職する事になった長男は、すぐに職場で彼女を射止めた。そして結婚式を直前に控えたにもかかわらず、義母は楽しみにしていた式に参列できぬまま、孫の新婚旅行中に他界したのだった。

私が嫁入りした当時、あれ程、孫の結婚を生き甲斐という程まで、楽しみにしてきた、義母だったたが、病に勝てず、三人の孫の誰の結婚も見られなかった。

それでも息子の結婚は、かなり早い時期で、息子二十五歳、お嫁さんは二十四歳だった。二人はウェディング正装のまま、式が終るとタクシーで病院に駆けつけ、祖母に報告、その姿を見せてあげた。

その後、息子達は新婚旅行へと旅立ったが、旅行中に祖母逝去の知らせを受けとった息子は、モルディブの海で号泣していたそうだ。

二人は結婚後、神奈川県川崎市に住んだが、鎌倉の地を気に入り、住み移り、五年後に初めての子供が誕生した。二人は共働きであったため母親は出産後、一年間の育児休暇が与えられていた。

そして、息子は夫婦共働きを続けたいので、夫と私に商売を辞め、共に鎌倉で同居してほしい旨、提案をしてきたのだった。

当時、近くには保育園も見つからなかった事も理由であった。

又、夫が五十七歳の時、腸閉塞という病気で一ヶ月程、入院・手術した経緯もあった。

その時は、私一人では仕事をこなせず、配達等、息子が土・日に帰ってきて手伝ってくれた。まだ、息子も若かったけれど、これからは、会社の仕事も重くなっていき、その様な手伝いもとても無理になるともいわれた。その時に同居の申し入れがあったのだが、その時はまだ、私達の義父が生存中であり、認知症が進み、市内のグループホームに入所中であった。

夫は「父を置いてはいけない」と答えたのだ。が、その義父も三年後に亡くなり、商売も利益の上がらないものになっていたし、孫の誕生で息子の提案を受け、鎌倉転居の意を決する事となった。六十歳だった。

個人の印刷屋に将来を見い出す事は難しいし、体力的にも次第に眼の衰えなどで無理がきていたのだった。

息子の探した物件は、総面積、百五十坪、山の中腹という感じで三十三段の階段の上に家と庭があった。又階段の幅も大変広いものだった。

その階段を見上げた時、私は脅威を感じ、とても私にはここでの生活は無理と思ってしまった。

しかし、その階段を一段、一段上り、立派な大きな玄関扉を開けると、そこには多くの木々に囲まれた広い庭に美しく花々が咲き乱れていた。

庭の先は又細い山道の様な階段が続き、竹林へと続く。山の上にも栗の木、桜、果樹の木など多くの樹木に覆われている。

眺めも良く、山とは反対側には、遠く街並みが美しく広がっている。

静かな空間だった。家も大きく立派だった。

夫と息子はこの自然豊かなロケーションを見て、すっかり気に入ったようだった。

息子は父親が老後、好きな植物に囲まれ、世話をしながら楽しめれば何よりと考えたのだと思う。

確かに、名古屋の家は名古屋駅近くの商業地域で全く、正反対の感じだった。

夜でも街のネオンサインの明かりが消える事のない場所であり、新幹線をはじめ、列車の音が聞こえるところであった。

しかし、この鎌倉の邸宅と呼ぶにふさわしい家は、緑あふれる、静かな、暗闇におおわれ、聞こえてくるのは、昼は鳥のさえずり、夜は木々が風に吹かれるサワサワと鳴る音くらい。

あまりに違う環境に、すっかり魅せられ、物件購入に進展した。

しかし、難問が突発した。

当時三十歳ばかりの息子の力では手に届かない物件であったのだ。結婚後五年間程、二人で働き貯蓄をし、共働きである二人の収入でローンも組めると判断していた。

しかし、現実は甘くはなかった。

息子は前年、一年間、独立行政法人の研究所で、研修期間として出向していた。収入は本俸のみという事だった。確かに仕事をせず勉強させてもらっていた身分であればいたしかたない事だった。

又、妻も出産後、育児休暇中であり、収入減となっていた。

予定通りのローン計画は無理という事で、二人が五年間、貯蓄した金額を頭金にあてても、まかない切れないマイナス分が出る事になったのだ。

夫は息子の相談を受け、マイナス分を補填する事を決心した。しかし、私達の当時の生活は、自分達が建てたマイホームのローンも残っており、子供三人の教育費にすべて費やして質素な生活を送っていたので、貯蓄などほとんど無かった。

夫は即日、自宅の約半分、両親が住んでいた棟の部分、一階は印刷の工場であったためそこの分筆されていた部分を売却する事を、決めたのだった。

私達が苦労して建てた三階建のへーベルハウスは、二人が老後、住むには広すぎるが、処分をするのはしのびない。そこは残し、仕事を廃業するのなら、工場及び両親の住まいだった部分は不必要になる。

そこで思い切って、売却という考えにいたったのだった。

そこ迄、思い切れる夫の決断に私は驚いた。

「御先祖の土地を売ってもいいの?」と私は尋ねた。夫は「売ってなくしてしまうのではない。息子は家を継ぐ後とりだ。その息子の住む場所が、名古屋から鎌倉へ移り、その土地代が、ここから鎌倉へとつながってゆくのだから、それで良いのだ。」と言った。

　それから、一、二ヶ月の間に、義父母の居室の始末、廃業の手続き、工場の機械の売却等、猛烈な忙しさだった。家屋のとりこわし、整地の上、不動産屋を通し買い手との交渉。

　今、考えると、まだ六十歳という時で、この難事業が突破できたのであろう。

　残された私達のマイホームは長女が住み継いでくれる事になり、私達はいつでも名古屋へ遊びに帰れる事となり、二年後は娘も結婚し、孫も二人生まれた。

　鎌倉での生活は、息子夫婦の共働きのため、孫の育児、家事、庭の世話を始め、雑用も含め、やりがいのある仕事がいっぱいであった。孫も一人、二人、三人とふえ、幼稚園へ通うようになると、通園バス停迄の送り迎え等も加わり、幼児の間のお昼寝、寝かしつけ等、まだまだ体力勝負の仕事もあった。

　しかし、可愛い孫の世話は、子育てとは違い、精神的余裕もあり、楽しく、幸せな時間だった。

　そして十二年が経ち、三人の孫達の成長に伴い、祖父母では対応できない部分も出てくる事、子世帯と、私達老人世帯とは生活パターンや、めざす事柄も違ってくるため、いくら広い家といっても、神経を使わざるをえない事が多くなってきたのも確かだった。

どんどん老いを感じてゆく私達の将来の不安もあった。次第にお荷物的存在になってゆくのも目に見える事だった。

そんな折、ある出来事が起こった。

二〇一七年、八月のお盆も過ぎた、ある暑い夏の日の昼の事。

夫と私は喧嘩をしていた。というより私が一方的に夫に文句を言い、くってかかっていた。スマホが原因で、扱いに慣れてない私は、すぐにイライラーッ、夫にやさしく教えてくれ、と八つ当たりしていた。

それを見ていた息子が、突然怒り出し、「なんでいつもそんなに喧嘩ばかりしているんだ。」と私に向かってきた。

それを見ていた夫が今度は息子に向かっていき、男と男の大格闘になってしまったのだ。一〇〇キロ近くある息子に年老いた夫が勝てる訳はなく。

嫁と二人で力いっぱい分け入って、必死でその場を回避した。

その剣幕に三人の孫達が泣きわめき、その泣きじゃくる姿に、なす術もなく、夫と二人その場を後にした。

大好きなパパとお祖父ちゃんが取っ組み合いの喧嘩をしている。それは一世一代の大舞台を見せられたようなものだっただろう。

普段から仲が悪かった訳ではない。しかし父親と息子とは、ある種の確執があるのかもしれない。しかし、私から見ると、この親子は何とお互いを思いやっているのだろう、と深く感じてもいたのだ。親は子に、子は親に理想の姿を求め過ぎていた。

そんな気持は素直に態度には表わせず、思わぬ事態に発展してしまった。

両人の気持が一番よく解かるのは、妻であり、母親である私であるのに。私の大人気ない、我儘な態度から、起った事だった。

簡単には気持の納まりもつかず、夫と二人、家を後にし、近くのビジネスホテルで三日間自分達の気持を話し合った。

それがきっかけではあったが、私達はこれから、二人で自由な老後の生活を始めようという、結断にいたったのである。

この年になり、自立してゆく覚悟であった。又、すばらしい鎌倉の地は、ある意味、高齢者にとっては住みにくい地でもあった。山・坂が多く車がなくては不便な場所であった。しかし鎌倉という、誰もが憧れを抱く土地に生活する事ができ、幸せだった。

休日は、お寺というお寺を巡り、歴史遺産、旧所名跡を訪ね、楽しんだ。

又、サイクリングで逗子や葉山迄走っていき、海を眺めながら過ごす事も。

夫は心から鎌倉の地を愛していた。

孫とお散歩しながら、小さな発見をしては、子供の様に一緒に大喜びをし、楽しんで。山道をウォーキングする事も日課の一つだった。美味しい空気に感動しながら。

そんな鎌倉生活に別れを告げ、二人だけの生活に舵を切った当所は淋しく、ふっと「鎌倉で死にたかったなー」と夫はもらしていた。

二人だけの新（旧）婚生活

二〇一七年九月、私達夫婦は、息子家族との同居生活に別れを告げ、二人だけの住まいを見つけて、引越しをした。

これからは子に頼らず、老夫婦お互いにいたわり合いながら、歳をとっていこうと二人で決めたのだ。七十二歳になっていた。

結婚以来、二人だけで仕事もない、自由な生活、さらには、二人だけの新婚生活というものは経験がなく、「これから、新婚生活のやり直しね。」と心晴れやかに持つように心がけた。

単純な親子げんかがもとで別居する事になったいきさつはあったのだが、息子のお嫁さんからは「これからもまだまだ教わりたい事もあるので宜しくお願いいたします。」と言われ、「はい、そうしましょうね。」と答えた。

生活する場は離れ離れになっても、家族の絆は切れない。特に孫達の悲しみを思うと後ろ髪ひかれ、可愛い孫達の心に傷を負わせてしまった罪の重さを思うと、大変につらかった。

小学生になったばかりの孫娘が「おばあちゃん、帰ってきて。」というのを聞いたり、又、七夕の短冊に「また一緒に暮らせますように。」と書かれたものを見た時、涙が流れるのだった。

男の子の孫は、私が鎌倉の家に立ち寄って、帰り際に「帰るわね。又ね。」と言うと、「行ってらっしゃいだよ。おばあちゃんの家はここだから。」とサヨナラは言わずに見送ってくれる。この優しさにも涙、涙。

その後、二〇一八年、六月、賃貸アパートから十数分程の近くに古いけれど理想的なマンションを見つけ、無理をして購入し、転居した。

鎌倉の隣という立地と、横浜市の同区内に末娘が住んでいるという三角形の一点である事が理想的な場所だった。

マンションに沿って川が流れ、その両側はウォーキングロードになっていて、散策コースとして、街の人々の憩いの場になっている。四季折々、数々の樹木、花々が楽しむ事ができる。川には、カモ、白サギ、アオサギ、鵜、鯉、カワセミもやってきてチッチチッチッという可愛い声を聞かせてくれる。

立派なカメラを肩から下げ、皆、同じ方向に視線を向けて、覗き込んでいるカワセミウォッチャー（御婦人も含む）が整揃いする事もしばしばである。

彼らは、カワセミの生態をよく知っていてオスとメスの出会いから、エサの取り方、求愛の仕方、又結婚し、雛が生まれると、その育て方、等々、様々教えてもらえた。又、めずらしいホバリングの実況の写真なども見せてもらったりした。とても美しい光景だ。

そんな川べりを毎日、ウォーキングしながら楽しいおしゃべりをし、二人だけの夢に描いていた新婚生活の様な日々だった。

夫は植物、自然に関して博識だった。

それに反して、私は全く物知らずで、非常識人間だった。

「子供の頃、何を勉強してたの？　成績良かったんでしょ？」といつも私の物知らずを笑っていた。

「あの木は何ていうの？」

真っ赤なたくさんの実をつけて、とても可愛く美しいと思った私が夫に質問をした。

「クロガネモチ」そう教えてもらっても、すぐに忘れ、何度も何度も聞いた。

「何度教えたら覚えるの？　赤い実、つけてるけど、黒！　と覚えなよ。つづいて金《カネ》、カネ！　オマエの好きなモチ！　クロガネモチ、だよ。」夫はこりもせず何度も教えてくれた。

アシビ、アセビともいう、小さな房がたくさん集まって咲く花、木。かなり大きくなった木を見て、美しいと思った。白やほのかな桃色もあり、大好きになった。夫は馬が藁を食べると酔う木だといわれている。と教えてくれた。これも何度も忘れ、何度も教えてもらい、やっと覚えた。その他たくさんの花や木の名前も。いつも楽しかった。百科事典みたいだね。と私は言っていた。

散歩、ウォーキングばかりでなく、買い物もいつも一緒にリュックを背負い、荷物を分担して持って帰り、一緒にキッチンに立つ。

その年の前半、最後になるという思いで、出かけた海外旅行のアイルランドのパブで食べた全粒粉のパンを夫はとても気に入り、忘れられなかった。素朴なパンだった。帰国後、夫はレシピを調べてこのパンを手作りする事に挑戦した。何回も繰り返し、ナッツ、アーモンド、くるみ、干しぶどう等も入れ、自分の好みに仕上げていった。絶品の出来だった。

丁寧に豆から挽いたコーヒーを淹れてくれて、毎朝、二人でパンをいただく。

お惣菜も二人でキッチンに立ち、テーブルを囲んで食事する。これが日課であり、楽しみだった。

横浜市の敬老パスを使って市内の行ける所様々に出かけた。古民家めぐりは楽しかった。

八軒ある古民家をすべてめぐり、行く先々でスタンプを押してもらい、完成すると謝志がもらえた。どこの家も横浜市の文化財などになっており、立派で地域それぞれの文化活動、伝統の普及などに務めており、このような財産と呼べるものの保存にたずさわっている方達の御努力に感謝の気持が生まれてくる。

夫は、このような日本的な古民家が大好きであった。

夫は、幼児の頃、弟が生まれると、その頃商売を始めてまもなくだった事もあり、母方の祖母へ預けられ、幼稚園入園の時迄、古い家で過した経験があった。

残されている古民家のような立派な家ではなかったものの、郷愁を感じるのだろう。私も新潟の母の実家は今でも現存しているが、もう当に百年は越えているだろう、少し前迄は茅葺き屋根の古い家である。懐しさひとしおである。

二人での自由に穏やかな平和な一年が過ぎ、そんな頃、二年後に訪れる私達の金婚式を、別れ別れになった家族、又外に住む娘達家族も含めて全員で行う事ができたら、と夢に描くようになったのだ。六人の孫達は皆、兄弟・姉妹のように大変仲良く、鎌倉に集まった時はお庭でバーベキューをしたり、花火をしたり、海水浴をしたり楽しんだ。

今一度、全員が揃うチャンスをと。そして一緒に暮らした孫達を悲しませた、私の詫びる気持を、償いをしたい。ただ、ただその思いだった。

「エーッ？　金婚式なんかやるの？」と夫は照れくさそうに、でも嬉しそうな表情だった。その事を提案したのは、金婚式を迎える二年前、二〇一九年の春のことだった。

「実現できるかなー？」と不安そうに夫はいった。

金婚式をやるにはそれなりの資金が必要。現在の経済状態では至難の技だった。しかし、

「私はどうしてもやりたい。家族全員で日本一周のクルーズ旅行したいの。」

それは、とてつもなく大がかりな金婚式構想だった。私の希望を聞いた夫は「気持はわかるけど資金は大変だねー。」と。でも反対はしなかった。

当時調べた船会社のツアーの案内によると子供は無料、格安で人気のあるものが売れ筋という事だった。

二〇一五年三月、私達夫婦はノルウェージャン・スピリットという、七万五千トン

の大型客船で大西洋のマデイラ島とカナリヤ諸島のクルーズ旅行を経験した。

その時の感動とクルーズの醍醐味や楽しさは言葉に尽くせなかった。

外国人家族の多かった事、子供達が冒険の国を型どったプールで、水しぶきをあげながら楽しそうに遊ぶ姿を見て、六人の孫達の姿を思い出しながら、私も孫達と一緒にこのような旅ができたら、夢を描いたのだった。

そんな夢、目標を掲げ、夫に打ち明けた。その直後、人生最大の危機に陥るとは、思いもしなかったのだ。

運命の赤い糸

運命の赤い糸とは夫と私の出会い、というようなハッピーなものではない。それとは逆の人生最悪な出来事に向かう運命の糸であったのだ。

その日、トイレから夫の呼ぶ声があった。急いで行ってみると、

「これ、見て！」

「エッー？　何コレ？　どうしたの？　前から出たの？　後から？」

「後みたい。」

それは細い糸ミミズのような赤い糸のようなものだった。トイレにミミズ？　という感じであった。二人共、緊張が走った。

夫は前年の七月、市民検診で前立腺がんが見つかり、治療をしていた。「ステージ4、腫瘍マーカー数値・２７００、肺と骨に転移」というあまりにもショックの大きい状態だった。

夫も私も予想もしていなかったこの出来事に胸の震える思いで、毎日暗い気持で過

していた。不安を払拭するには、日々、健康を取り戻すための努力をする以外はない。

半年間、治療のかいがあり、マーカーも下がり、CT検査の結果を待つ事になった。

しかし、マーカーが下がったにもかかわらず、そのCT検査には異常が見つかり、より詳しい検査をする事に。喜びもつかの間の事であった。

どのような異変が起こり、どのような結果報告がなされるのか？

まるで神の審判を待っているかのような緊張の日々の中、その赤い糸ミミズのような糸の出現であった。土曜日の午後の事だった。

「出血（下血）よね。すぐ病院へ行こう。夜中にでも又、出血したら、救急車呼ばなくちゃならなくなるわ。」

救急外来へ飛び込み、ただちに診察室へ。しかし、再び、今度はミミズではなく、大出血となったのだ。

夫は病院のトイレで失神してしまい、即、入院の措置がとられた。

がん宣告を受けた時、断崖絶壁からつき落とされたような気持だった。

しかし、当時主治医は「前立腺がんでは死にませんから。」と患者の気持には寄り添いの気持など、全くという程示してはくれず、今、又第二の断崖からの落下であった。

詳しい検査の結果は思いもよらない癌は癌でも、誰もかからないような、希少癌、小細胞癌という結果が出たのだった。

「死にませんから。だったのに、坂をころげ落ちてゆくような状態」と説明がくつ返されたのであった。

この運命をどのように受け入れたらよいのか。しかし、私は夫の気持を考え、汲む事より、自分自身がコントロールできずにいた。

二〇二〇年、令和二年、二月十六日夜、入院し、翌日主治医から受けた説明と出血の原因は、癌細胞が直腸迄浸潤していて直腸を冒し、その部分から出血したという事だった。

様々な危険な状態であり、過去には症例が無く、予知もできない事だったと言われた。

この希少癌は悪性で進行も早い。

目の前は真暗であったが、しかし、たとえどんな状態でも、あきらめない。夫は奇跡的に治る。私の愛情で治してみせる。固く信じた。

二人だけの新婚生活のやり直しを、と終の住処に、やっとたどり着いて、まだ二年半、これから二人で楽しい老後の生活を続けていける、と信じていた私達夫婦におそいかかった魔の手であった。

その後、人工肛門設置の手術、体中、細菌に覆われ、敗血症を起こさないための感染症対策の処置など、つらい闘病が始まった。

又、これからはお腹の真ん中位にできた、新しい体の部分（ストマ）、その「部分」を大切に可愛がってお世話をしてゆく仕事ができた。

夫一人で、すべてはできず、看護師さんからレクチャーを受け、二人で助け合って行なった。夫は私に「悪いね。」という。

しかし、私の覚悟はすでに決まっていた。あきらめず、夫を支える。

結婚前、二人で交わしたレターには、二人が結ばれる日迄、あと何日、とカレンダーに数字を書き入れ、一日一日消していった。

又、夫（当時、彼）はレターにあと何日、何時間、何分、何秒、と迄細かく計算した数字を書き入れてくれた。私が、淋しくて泣いてばかりいる事を思いやって、『涙は自分がすべて拭いてあげるから。今、コオロギが、孝子、早く来い、と今年初めて鳴きだした』という文章があった。

しかし、今は夫の生命の時間があと、どれだけと考えるのではなく、一日、一時間、一分一秒でも長く、と神様に祈る毎日となった。

そして、又、レターの中でも、きっと孝子を幸せにします。黙ってついてきて下さい。長い間、待たせて悪かったと思ってます。とあった。

そう、必ず、私の幸せのためにどんな事にも全身で立ち向かってくれた。今迄のその愛に報いるためにも、全身全霊で夫のために、できる事はすべて尽くしていこう。愛の凝縮された時間を費やそう、と心に決めたのだ。密度の高い生活を送ろうと。


しかし、夫のいない一人ぼっちの部屋で過ごす淋しさで、夜はお酒無しでは眠ることはできず、耳にイヤホーンをさし込み、音楽を聴きながら、涙、涙で泣き暮らした。世の中はコロナ禍で病院は、面会をなるべく避けさせたかった。しかし、私は短時間の面会時間では納得できなかった。

一分でも一秒でも夫の側にいたい。そこで主治医の許可をもらい、個室でなら、面会時間が終る迄、一緒に過ごすことができるようにしてもらった。お弁当持参で、夜は一緒に食事をした。又、時間がある時は、二人でスマホから流れる音楽を聴いた。看護師さんから「仲が良いですね。」とひやかされながら。

そして、ある時、ハプニングが起った。

夫はベッドの半分を空けて、「ここにおいで。一緒に寝よう、お前も疲れてるだろう？」

私は「エッー？　いやよ。はずかしいわ。」「いいよ、はずかしくなんかないよ。お前も疲れてるんだから、一緒に横になってればいい。」そう促され、ベッドに横になった。

夫はやさしく肩を抱いてくれた。

何故、こんなにもやさしいのだろう？

そう言えば、夫は私に打ち明けたのだった。前立腺癌という病気になり、ホルモン治療が始まってから、これは女性ホルモンであり、副作用に性欲の減退というのがある。という事で不思議な事に全くという位、女性を求める気持が失われる。というのだった。

夫にとっては心は淋しいと思う反面、心と体のバランスが崩れてしまった事にもつらい気持があったようだ。

そんな事より、命の時間の方が問題である。私の気持は、それでも、ベッドの上でやさしく肩を抱いてくれた夫の行為がうれしかった。

と。その時、病室のドアとアコーディオンカーテンが、さっと開き、ドクター達が勢揃いしていたのである。

しまった。夕方の回診時刻だった。

「失礼。」といって主治医はカーテンをさっと閉めて外に出た。

私は体中から炎が出る程、はずかしく、ベッドから飛び降り、固まって、うつむいていた。のがれる場所はどこにも無いのである。

ドクター達は、何事も無かったように、「変わりありませんか？」と言い、様子を聞いた後、退場していった。

「だからいやっていったでしょう。」

「別に大丈夫だよ。何ともない事だよ。もう一ペンおいで。」と夫はこりもせず誘う。

「もういやよ。今度は看護師さんがくるわ。」

笑うに笑えない晩年の二人の思い出である。

抗癌剤治療、放射線治療も、自宅からの通院でも行なえる、というところ迄いき、退院の処置がとられた。

入院四週間だった。これから又、二人一緒に家で過せる嬉しさでいっぱいだった。

退院の日、雨が降りしきる中、息子と次女が、ベッドを部屋に運び入れ、組みたててくれた。ベッドの生活になる事も嬉しかった。

長女も入院直後、名古屋から飛んできてくれて、「費用は私が持つから、古いガスコンロをすぐに買い換えるように」と妹に指図して帰っていった。自動消火の付いていない古い型の物では心配、と言ってくれた。

息子もけんか別れの後、別居を機に私達老人世帯を心配したり、癌発覚後は、治療費の心配をしてくれたり、皆揃って癌封じのお寺へお参りにつれていってくれた。

息子、娘達皆が数々尽くしてくれる。こんなに嬉しく頼もしい事はない。

夫と共に「老いては子に従え」で、私達は療養に専念しようと話し合った。

孫達も「おじいちゃん、頑張れ」と励ましと病気快癒を祈って色とりどりの美しい千羽鶴を折ってくれたり、エールの手紙を書いてくれた。

ひと月程で、以前とは全く違う病状と身体になった夫を支えながら、それでも少しずつ出来る事に挑戦しながら、二人で食事も共にできる。体の隅々迄マッサージ、タッピングをして、ハグをして二人一緒に静かに瞑想をする。そんな生活は楽しいものだった。

やがて季節は春爛漫、桜のつぼみも膨らんで、美しく咲き乱れる頃は、流れる川のウォーキングロードをお散歩できるようになり、毎日、楽しんだ。「こんなにたくさんお花見をしたのは初めてだなー」と夫は喜びの声をあげていた。

心の不安はなるべく表わさず、楽しい事を考えよう。パン作りも再開。二人で協力し合い、焼き上がったパンをいただいた。

自由診療も視野に入れ、高額な費用捻出を資産売却で捻出する事を考えたが、息子、娘達に相談したところ、意見が返ってきた。

今のこの世の中の状況で、それは最上の手段とは思えない。医療費は自分達が負担するから、と申し出てくれた。

そしてその後、息子、次女の送迎による免疫療法、遺伝子治療等、数回にわたって受けた。しかし、いずれも遠方であったため、体力の限界がくる時迄しか治療を受けることはできなかったのである。

次第に魔の細胞の進行に追いつかなくなっていった。背中の痛み、手、腕のしびれ、激しい頻尿等、数々の症状の結果は、癌の転移が原因だった。

痛みのクリニックでその転移を知らされた時、夫は目に涙をいっぱいためて「ゴメンね」と私に詫びた。私も泣きたかったが、外では泣かない。夫の手をしっかり握って「必ず、治そう！　がんばろう。」と言葉をかけるしかなかった。

一人になってから耐えられずに泣き明かしていたのである。しかし、あきらめない。奇跡だってある。夫の体がどんなに不自由になっても、寝たきりの状態になっても、ただ命の灯だけは消さないで、と神様に祈るばかりだった。

次第に体の自由がきかなくなってゆく夫の看護を精いっぱいした。今迄、頑張ってやっていたストマの処理も全面的に私の仕事になり、お風呂の世話もすべてすることに。

「気持いいなー」夫の言葉は私を幸せにする。

結婚したばかりの頃、私は子供のように夫の働いている工場へ嬉しそうに顔を出した。その時、あっという顔をして、夫はその時、扱っていた大型断裁機の刃におもわず手をふれてしまい、大怪我をしたのだった。

義父が病院へ運んでくれて、しばらくは、手に包帯を巻き、お風呂では体を洗えなかった。新妻の私が夫の体を洗ってあげた。

そんな思い出がある。

しかし、今はそんな若い時の夫の体とは違い、ガリガリにやせ細って、その頃の半分程の細さになっていた。

そして、背骨は、山脈の尾根のようだった。肉はこそげてカリカリととがっていた。

その頃はもう坂を下っていくばかりか？　と気持はグレーだった。

夫が寝入ると、私は、耳にイヤホンをさし込み、大好きになったソンジンのピアノを聴きながら、ウィスキーを飲んだ。

飲まずには、どんなに疲れていても眠れなかった。そしていつしか眠りにつくのだが、自然と涙が流れて、その涙が慟哭となって激しくなっていったのだった。

酔いが回っていたため、自分では抑えようのない状態だった。

隣から、夫の手がのびてきて、肩をトントンとたたく。幼児を寝かしつける母親のようにいつ迄もトントンとたたき続けてくれたのだった。病の夫になんという事を。しゃくりあげながら、私は深い眠りについていたようだ。

幼い時、大切な母親を亡くしたトラウマはこんなところで頭をもたげ、私の大切な人を失うという心の恐れが、激しく襲いかかるのであった。

時間と共に病状は下り坂となっていった。ある日、トイレから立ち上がって歩けない状態になり、娘につきそわれ、今迄入院・通院していた病院を転院するつもりで新たな総合病院へと向かった。

その病院へ入院。重症の尿路感染症と診断された。再度、大出血も起こった。

家から遠方となった病院へは娘が毎日、私を送迎してくれた。

毎日リンゴジュースを作って届けた。

コロナが激しくなり、面会時間は限定されたが、短時間の間に手足をさすったり、もんだり、帰りはほおずりをして帰るしかなかった。

放射線治療など、施され、二週間程で退院となったが、もう自力では起き上がる事、もちろん歩く事もできない体になった。

介護認定を受け、多くの方々のお世話を受ける事になった。

寝た切りの夫はどれ程つらかったのか。

でも私の作った食事をわずかでも食べてもらえる喜びはあった。

一週間もした頃、真夜中に呼吸ができないと苦しみ出し、あわてた私は、救急車を呼ぶのも、スマホに番号を打ち込めない程、うろたえてしまっていた。それでも何とか、準備ができ、病院へ到着したが、ただどの様に事が運んだのか全く覚えがない程、私自身、錯乱していたようだった。娘にだけは連絡し、真夜中に、飛んできてくれた時はモーローとしていた。

原因は「気胸」。肺に穴が開き、呼吸困難に陥ったのだった。穴を塞ぐ為再々入院となった。

三度目の入院は一週間程で退院となった。

最後の晩餐

退院の日、息子と次女が付き添ってくれた。

又、大型のハイエースの車を所持していた私の弟に頼み、車椅子の夫をその車で運べるよう手配した。私の想像以上に夫は体力の消耗が激しく、寝台車で運ぶべきであったと、後に大変後悔した。

しかも、病院で看護を受けていた方が、本人は楽ではなかったのではないか。等と数々思い悩む事柄が多かった。

しかし、やはり、自宅へ帰りたい、そう思う気持も強かったはずだ。

そして帰ってこられて良かったのだと、信じたい。

借りた介護ベッドのマットレスも最上級のものに換え、体が楽になり、痛い部分も無くなったと喜んでもらえた。

夫は、自宅に戻ると、私に「あのお酒を持ってきて。」と指示した。

あのお酒、とは十年前、仙台にあるニッカウヰスキーの工場で開催された「マイウィスキー塾」に参加し、樽詰めをして、できあがって送られてきたウィスキーだった。

お酒を断っていた夫は病が安定し、解禁となった日に、私と一緒に祝杯を上げようと思っていたのだ。

夫は、今、この時にこの瓶を開けなくては、もうチャンスは無いと思ったのだろう。息子、娘（次女）、私の弟、そして夫と私、五人でほんのおちょこ一杯分ずつ位、つぎ分けて、祝い酒として乾杯したのだ。

数々の病状の難題を、取り敢えず克服した。家に戻ってくる事ができた。体の衰弱はあったけれども私の元に帰ってきてくれた。

何と美味のお酒でしょうか？

舌をほんの少し潤すだけで、今迄に味わった事のない、かぐわしいフルーティな美味しさのウィスキーだった。

ボトルを開ける事ができてよかった。

夫は晴れやかな満足そうな顔で、残りの分は、名古屋に住む弟に渡してやってほしい、と言った。どれ程に、このウィスキーを楽しみにしていたかと思うが、この先、自分がもうたしなむ事はないというあきらめがあったのだと思う。弟も無類の酒好きであった。

最後の晩餐だった。

家に帰れたものの、夫はすでに食事ものどを通らない状態だったのである。しかし、私はたとえ、寝た切りのままであっても、私の側にいてくれるだけで良い。これから介護の方々に手伝ってもらって、一日、一時間、一分、一秒でも一緒にいたい。そう思っていた。

ベッドの上で自分の体位も変えられない夫の状態。娘が「家には帰らないから。私も一緒に泊まり込むから。」と言って、私をサポートする覚悟になっていたのだった。

夜中の看護を共に担うといってきかなかった。もちろん、私は断ったけれど、娘の意志は固かった。

朝になると娘は自宅に戻り、娘の夫の朝食作りと家事を済ませ、又父の元へときて、私と共に介護を担ってくれたのだった。

私はコロナ禍で休校になっていた二年生の孫が、共にいた事に気が付かなかった。それ程、母、祖母には世話をかけないように気付かっておとなしくしていたのであろう。

案の定、夜中に夫が目を覚ませば娘はすぐに起きてきて、二人で夫の世話をするはめになったのだ。一晩、二晩、娘も私もロクロク夜は寝られず、やはり重病の夫の看護は思ったより大変な事でフラフラな状態だった。

私も大変だったが、寄り添ってくれた娘もどれだけ大変だったか、その存在が、どれ程有難かったかしれない。

夫は水分も飲み込む事が困難になっていた。

看護師さんに相談の電話をかけると「スプーンで口の中に流し込むように。」と教わり、少しずつ、のどの奥へ流し込んであげた。

その夜半にウトウトしながら、目をさました夫は「暑くてたまらん、何とかしてくれ。」と訴えた。水枕を冷たい物と交換し、扇風機を体の側迄近づけ、風を送ってあげても、「胸が焼けそうに熱い。」と苦しむ。

とっさにタオルを冷たい水で冷やし、胸をゴシゴシとこすった。

「あー、気持良い。」と言いながら、やっと夫は寝入っていった。良かった。

これで私達も寝られる。とホッとしたけれども、少しの間、様子を見ていた娘が、「なんだか静かね。呼吸の音聞こえる?」と胸に耳をあてて「やっぱり心臓動いてないよ。どうしよう！　どうしよう！」二人共パニックになった。娘は力いっぱい、人工呼吸をし、私は救急にダイヤルした。

隊員の方は「自分達が到着する迄、人工呼吸を続けて下さい。」と指示した。

これは夢かうつつか、私にはわからなかった。隊員の方々が到着して、AEDを使い、救命処置を行ってくれたが、夫の胸は再び動かなかった。

静かな旅立ちだった。気持良いと最後の言葉を残し、眠っていき、そのまま永遠の眠りについたのだった。信じられなかった。

こんなに早く夫が逝ってしまうとは。

慰められる事は、苦しむ事なく、眠るように、いいえ、眠っているとばかり思う程、安らかで、美しい顔だった。

家に戻って、たった三日だった。

ありがとう、待っているから

最後の晩餐をしてから、三日後に、夫は永遠の旅路へと旅立った。

自分の命の時間がそう長くは残されていない事が、わかっていたのだろうか。

四人に囲まれ、自ら酒造したウィスキーを一口だけ、口に含むことができた次の日だった。私を側に呼び、耳を口元に近づけさせて、「ありがとう。待っているから。」とハッキリした口調で言ったのだ。

私は信じられなかった。何で今、そんな事を言うの？　それって別れの言葉？

しかし、今、言っておかないと、と思ったのだろうか？　私は冷静に聞いて、答えてあげられる心の余裕はなかったのだ。

その場を離れ、一人で泣いた。

はっきりした意識があるうちに、私は何をどう言えば、何を伝えれば、いいえ、そんな別れはしたくない、笑い飛ばすか、そんな事言わないで、と怒るか、私の心はとまどうばかりで、ただもっともっと私の側にいてくれさえすればいいのだから、と思うばかりだったのだ。

しかし、夫は自らわかっていたのだと思う。いつも私も一緒に逝きたい、と言っていた私を一人残してゆく事はきっと心残りだったのだと。だから「待っているから、大丈夫だよ。」というメッセージを伝えたかったのだろうか？

はっきりと耳に残るその言葉が、何度も何度も甦るのである。声迄も。弱々しい声であったし、又悲しそうな声でもあった。

夫と知り会って、共に生きてきた五十年程の年月。まだ恋愛中の頃、夫は、時に悩み、一人立ち止まってしまう私を、叱りもせず、一人で先にどんどん行ってしまいもせず、後を振り向いて待つ事もせず、自分は歩を止めず、そっと私の手を引っ張っていってくれる。そういう人だった。

その信頼をうらぎらず今迄、私を引っ張り続け、生きてくれた。しかし、今、初めて、私を一人置いて、先に行ってしまったのだ。

だから、私は一人ではどの様に歩んでいけばよいのか、とまどうばかりなのだ。

でも待ってくれている事を信じて、必ず迷わずに行きつくから。

夫の言葉をいつも、心の中でつぶやく日々。あまり見ない夢なのに初めて見た夢は心に焼きつき、離れない。

それは、結婚記念日の何日か前、舞台は正にそれにふさわしい晴れやかな場所だった。

私は着物を着ていた。トイレに行くから、とその場を離れ、戻ってみると、夫はその場にいなく、又場面は変っていてそこは戸外だった。すばらしい青空とそびえる緑の山々のふもとで、夫は手を振って、「ここにいるよー。」と叫んでいるようだった。ニコニコと笑っている。私は「早くこっちにきてー。」と手を振った。しかし夫はただ笑って手を振っているばかり。目が覚めた。やはり夫は私を待っているのだなーとしみじみ思った。

「愛しすぎたのかなー」

その言葉を聞いたのは転院して、二度目に入院した病院のベッドで夫がつぶやいた時だった。

夫は病室の真白な天井をじっと見つめながら、小さな声でしかしはっきりと言った。

「？　夫は何を言っているのだろう。」私はにわかにその言葉の意味がわからず、しかしそれはどういう事なのか、夫に質問する事も何故か躊躇して、そのつぶやきを私なりに暗中模索していた。

言葉はそのままとぎれ、私達は黙りこくって宙をさまよっているかのようだった。

そして心の奥底に、しまい込んだのだった。

説明を求めても、回答する余裕はない程、夫の体力は低下していたのだから。

何を、誰を愛しすぎたのか？　夫は後悔の念を感じ、その言葉が出てきたのだろうか。

不治の病に冒されて、自分の命はあといくばく、残っているのか考えない訳はないだろう。

そして、こんな病状になってしまった、自分の健康管理や、生き方にどんな原因があったのか？　と考えざるをえなかったのかも、しれない。

夫は普段から、考えればかなり神経質な位健康には気を使っていた。もちろん、誰だって歳をとるに従い、健康管理をし、体力温存にも努力するだろう。

そして夫は自信も持っていた。

なのに誰もが得ないような得たいの知れない病魔に冒されてしまったのだから。

まだ、元気でいられるうちは、考えまい。考えずに闘おう、と気持は張っていたのだろうが、病状はどんどん悪い方へ進み、自分の体の衰弱が、わかるようになっていくと、あとどれだけ生きられるのだろう？　と不安も募るだろうし、残してゆく私の心配もはかり知れない、心の重責だったのだと思う。

二人の間で、そのような会話はできない。

そうでなくとも、私は夫の病を知った時から尋常な精神ではいられなくなっていたのだから。悲しみ、淋しさをこらえてはいられなかった。夫に励ましの言葉はかけられる。しかし、夫は私の精神状態をよく理解していた。

娘に心療内科の受診させるようにと、指図し私は従った。涙ながらに心のうちを話し、夫の病は私の責任だと感じている事を訴えたがその言葉を聞いてくれた医師は、「自分を責めないように」とやさしく言葉をかけてくれた。

今迄、私が夫のためにどれだけ、心を尽くして生きてきたか、いやただ、ただ甘えて愛してくれる夫に支えられて生きてきた。

だから愛しすぎたのは私をという事かもしれない。熱烈な恋愛をし、結婚し、必ず幸せにするといった夫。間違いなく、その言葉にうらぎりはなかった。自己を犠牲的に迄して、私のために、いや子や孫にも愛を注いでくれていた夫だった。夫は趣味であった音楽と、それに伴うオーディオ、子供の頃から、アンプ作りやスピーカーを手作りしていた。

結婚して、子が宿った時、私は悪阻《ツワリ》で苦しんだ。その側で夫はハンダゴテをにぎり、アンプ作りに精を出していた。それは仕方ない事で、男は女の体の変化がわからないのだから。しかし、やがて私の苦しむ姿に、自分だけ好きな事はしていられないと思ったのか、作業をやめて、かたづけてしまった。

そのうちに家の仕事も忙しくなり、子供が生まれてからは子供の入浴を手伝ったりでハンダゴテはお目見えする事がなくなった。

大切な宝箱にしまってあったのだろう。

子供が三人になり、音楽のけいこを受けるようになると、かなりのレッスン代もかかり、財産を残すより、子供の教育にと、私達の理念に基づき、自分達の事は二の次となった。

特に次女を音楽専門の教育をと進ませるため、高価な楽器代が必要になり、いつしか、夫は小づかいらしいものは無しに等しく、楽器屋さんに見せられた、オールドヴァイオリンを手にした時、にたっという表情でその楽器に惚れ込んだようだった。ヴァイオリンという楽器は音を出さずとも姿・形で良し悪しがわかるものらしい。夫はよく勉強していて、一目で決めてくれた。娘が音楽を学び、一生の仕事にするであろう楽器を奮発してくれたのだった。

そしていつしか、自分の宝箱に納めていた大切な真空管を処分したのだった。時代の潮流には乗っていかれない物かもしれないが、オーディオマニアからするとかけがえない程の宝物だったに違いない。

しかし、オーディオは、許す限りの目標迄は整えたけれども、マイホームができ、レッスン室ができた事で、娘・息子達の音楽を楽しむ事が何よりの幸せに繋ったので、納得できたのだろう。

子供達のしつけには厳しい父親であったがやんちゃな息子に対し、どんな失敗をしてもたとえ、犯してはならない罪を犯したとしてもワシはオマエの父親であるべく、オマエを大切に思う、という事を忘れないように、と諭した事もあった。

その息子との同居申し入れに対し、故郷を去り、鎌倉での生活にふみ切った決断も家族のためを思っての事であった。

すばらしい地で、良い物件を見つけたけれども、若い息子夫婦の力では及ばなかった、不足分を、住んでいた土地の半分を売り、捻出してくれたのだった。

そしてローンで建てたマイホームは長女夫婦に相続させるように計らっていた。

夫が亡くなってから、この愛しすぎたのか？　という言葉の意味を心の中でかみくだき、考え、考えていたけれど、やはり、夫は常に皆、家族を愛して、生きてきた人だったと、思わざるをえないのである。

もちろん、父母、祖母がいた時は、心から大切にした。恐らく、商売を継ぎ、父親と共に仕事をしてきた間も、ずい分、苦労があったと思われる。不満、不平を言わず、家族のため、働き峰のように働いた。

鎌倉で息子家族との同居生活に移ってからも、孫育ての楽しい暮らしではあったが、自分の事だけ楽しむ男性とは違っていた。

孫達のオムツ換えも、お昼寝のおんぶも、共に担ってくれた。車でスーパーへ。孫をカートに乗せ、段ボールいっぱいの買い物を。近隣の道路も清掃して、御近所の高齢者の方達に、いつも感謝されていた。

鎌倉は風光明媚なところだが、木々の枯葉、落葉など、始末の大変な場所であった。

家族と、六人になった可愛い孫達もこよなく愛した。

又他人の方、友人、知人、親類、縁者にも常に心をくだく人だった。特に健康を害した人、体が不自由になった人、不幸に遭遇した人、皆に心をよせて励まし、心にかける人だった。それがすべて愛だとしたら、「愛しすぎたのかなー？」に通じていくのか？

家業の金策から家計、マイホームローン、等の経済のストレスも山程あった。

祖母が亡くなり、残された畑地を相続した母親と共にアパート建設をし、様々な苦労も伴った。多額なローンもできていた。

しかし、夫しかそれらをやり遂げる者はいなかったため、全力で取り組んだ。

すべて愛の結果だと思う。

しかし、一つ考えられる事は、人間には、キャパシティというものがある。

夫は愛情の深い人であった。生まれもった性格であったかもしれない。それがあまりも深く、強いため、キャパシティ以上で燃えつきたのではなかったのか？

体の一部から、その火の粉がジワジワと体を蝕み始めてしまったのではなかったか。もっと我がままに、自分が一番大切、と自分を甘やかして生きてくれても良かったのかもしれない。私の我がままばかりにつき合ってくれた夫だった。

でも最後の一瞬に私は、全身で夫に寄りそったと思っている。しかし、悲しみの涙は、とぎれずに流れるだろう、命尽きる迄。

私がただ一つ夫のために良い事をした、と考えられる事は、私が夫を見看って、夫に私を見看らせなかった事かもしれない。

私は残されたこれからの生涯の時間を、今の悲しみの心をどこにも捨てられず、持って生きていかなければならない。それは長ければ長い程、つらい事なのだ。

夫は、「オマエもやせてしまったなー。オマエの方が先に参ってしまわないか？　先に逝ってしまうのじゃないか？」と心配していた。そして心乱した私が、どこか蒸発でもしてしまうのではないか？　とも心配していた。買物から帰るのが遅かったりすると、「あー帰ってきて、よかった。もう帰ってこないかと思った。」などと心痛めていた。私は病の夫に何と罪深かったのだろう。

こんな夫を残して、もし私の方が先にこの世から姿を消したなら、今の私の悲しみどころではなく、つらい道を歩まなければならなかっただろう。夫には味わわせたくない事だ。

私は自分の罪の重さを甘んじて受け、つらくて、悲しみの日々であっても、命尽きる迄………

生きていくしかない。

待っていてね、あなた

夫が逝ってしまった当初は、毎日、霊前にお線香をたむけ、「一日も早く迎えにきて下さい。待ってますから。」と手を合わせていた。しかしそうやって一日一日が過ぎてゆく中、一日は二十四時間、泣いて過ごしても、笑って過ごしても、太陽は朝、東から昇り、夕には西に沈む。何の変化もないのである。

どんなに願っても、無理は無理なのである。夫の側に行きたい。そう考えるそのウラに、孫達の声が聞こえる。「おばあちゃんは、長生きしてね。」「百才迄、長生きしますように。」何と過酷な事だろうか？

しかし、その声に耳を傾けない訳にもいかない。心を奮わせるために、何ができるのか？

夫のいないこの淋しい生活、空虚な気持を埋める手だて、それには夫と共に愛してきた音楽に心ゆだねるしか方法はなかった。

二人共、音楽は好きだったが、夫は私にオペラを教えてくれた。

初めて、オペラを鑑賞した。ウェーバー作曲「魔弾の射手」序曲や、結婚行進曲は中学生の時、音楽の時間に聴き、入り易かった。

ワーグナー作曲、「タンホイザー」「ローエングリーン」等は、ドイツオペラの真髄だった。公演迄、レコードをよく聴き、物語などよく勉強しておくようにといわれた。まだお給料の少ない頃だったが高いチケットを買ってのデートだった。後にはイタリアオペラも数々見た。

リゴレット、椿姫、ノルマ、ファウスト、等々。

結婚後は、子育てに追われ、コンサートは少なくなったが、子供達に音楽教育をする事により、より多くの音楽を聴き、我が家から音楽はひとときも消えなかった。

しかし、子供達の成長と共に、巣だっていった事で、私はからの巣症候群の様になり、特に末娘が東京の音楽学校へ入学してから、ヴァイオリンの音が聴こえなくなってしまった、淋しさからかなり心の空洞を感じていた。

親として子の成長は喜ぶべき事だったが、家から子供達が皆、自立の生活に入った時に長女のために買ったグランドピアノは、誰にもさわられず、リビングにドーンと置かれていた。私が結婚前に買って嫁入りに持ってきたアップライトのピアノは、次女が音楽科に入学したため、副科のピアノ練習に必要で、東京の学生寮へと夫がトラックで運んだ。

東京から名古屋へ、又名古屋から東京へと往復したのだった。

私は何故、その時、ひとりぽっちになっていたグランドピアノを弾かなかったのだろうか？　あれ程、小さい頃からピアノが習いたい、と親にせがみ、その希望が果たせなかったが故に子供達に音楽の夢を託し、三人共、かなり勉強させたのに。長女は音大へ行きたい、とも言ったのだ。しかし、その前に妹の方が、東京の音楽高校をめざして受験態勢に入っていたため、むずかしい問題だった。我が家で二人は音大へは行かせる事は無理だった。

しかも、長女は名古屋では断トツレベルの高い、有名私立女子校へ通っていたのだから、そのまま大学へ進む事の方が、どうみても良い方向と、考え、長女に納得してもらった。

ヴァイオリンを習わせた長男と次女は名古屋青少年オーケストラに所属し、演奏活動を行っていた。中学三年迄、在籍し、二人が中一、中三の年には、フランス迄演奏旅行も経験させてもらった。

長女は大学へ進学すると、自分も大学オケへ所属し、チェロを学んだ。

三人で合奏する姿を家族は喜びを持って見る事ができた。

そして次女は様々な学習の末、プロのオーケストラ入団と、指導者・演奏家として現在に至り、私は夫と共に音楽のある家庭を作った事が、何よりの幸せと感じていたのである。

夫亡き今、私は心をいやしてくれるのは音楽しかない、と感じている。夫の生前も、寝る時はスマホから流れる音楽を耳にしなければ眠りにつけない状態であった。

そして心を癒してくれるはずである音楽がその中にある夫との思い出に繋がり、深い悲しみに繋がっていくのである。

どちらにしても涙は常に流れる。

しかし、音楽無しには生きてはいけない。

夫が入院し、待ちに待った退院の日に、私は部屋のインターネットラジオのクラシックチャンネルをオンにしておき、病院へ迎えに行った。夫が我が家の玄関扉を開けると、部屋中に音楽が流れていた。

夫は「あー、メロディーが流れてる家に帰ってきた。うれしいなー」と喜びの声をあげた。

家で過ごす生活がまだなんとかできていた時は、二人で初めて見たオペラ、魔弾の射手のＤＶＤや、南太平洋、夫の好きだったオペレッタ等を一緒に見た。

そして、私としては、私の大好きになったピアニスト、チョ・ソンジンのユーチューブを夫に見せて、彼の素晴しさを感じてもらう事が、最も大切な事だったのであった。

癌が発覚した直後に、私は彼のリサイタルのチケットが買ってあり、コンサートに行く予定であったのだが、夫がショックで心痛めている時に、私だけコンサートへ行く気持になれずにいた。しかし夫は「心配しないで行っておいで。」と言ってくれたのだった。

そして一人でサントリーホールへ。

一曲目のモーツァルトが流れたとたんに、彼の心に染み渡る美しいピアノの音色に、私は流れる涙をぬぐう事もできず、顔を両手で覆い、嗚咽をこらえるのに必死だったのである。周りの観客の方達の迷惑にならないよう大変な思いであった。

二時間の素晴らしいプログラムが終り、私は、一人だけ幸福な気持を味わって帰る、心のつらさ、そして何より、夫にこのピアニストのピアノをユーチューブでしっかり鑑賞してもらいたかった。海外でも同じプログラムのリサイタルが開かれ、早速、配信された。

夫はそれを聴き、見て、「うん、素晴しい音楽性、テクニック、それにかなりのI

Qだね。」と誉めてくれたのだった。

「私ね、ソンジン君がいれば、どんな事があっても生きていく勇気が持てると思っているの。」と夫に告白したのである。

この先、自分がこの世から姿を消した後、生きてゆくのに、道をさまよい続け、どうなるだろうか？　と妻の行く末を案じる事を、少しでも心軽くしてあげたかった。

そして事実、夫のいないこの世の生活は、思っていたより、はるかにつらく、つらければ、つらい程、心の安寧を求め、ソンジン、ピアノに心は傾倒していった。

そして自ら、ピアノに集中しているのである。グランドピアノがひまをもてあそんでいた時に、目もくれずにいて、大切なチャンスを逃がし、テクニックは全くといっていい程ない。夫と終の住処にたどり着いて、やっとこの年になり、ピアノに郷愁も感じ、ソンジンのピアノにも魅せられて、自ら弾きたいと願うようになったのだ。

しかし、夫の病でそれどころでなくなり、やっと始めた練習も中断した。

それでも、夫は聞かせてほしいと私にせがんだ。とんでもない、耳の良い音楽ツウの夫に聴かせるなんて。「まだ、ダメよ。もっともっと練習して上手くなったらね、聴かせてあげるわ。」そう言って断った頃は、夫の病が死に直結するとは思っていない時だったから。後悔しても遅かった。ピアノどころではなくなってしまったのだから。

夫亡き後もピアノには向き合えずにいた。夫が電気ピアノなら、といって買ってくれ、楽譜などもネット注文してくれていた。

夫の思いも合わせて、つらくてとても弾く気にはなれなかったのである。

背中を押してくれたのは、次女だった。

ヴァイオリン講師をしている娘の生徒さんに、高齢の男性がいた。ヴァイオリンが好きでたまらない、その方は小さい子供さん達にまじって発表会で弾いた。

娘も、「お母さんもやったらいいよ。」ではなくほぼ強制的にやらされた。

発表会にはピアノの先生とも組んでやるので、そこで発表会に出る事になってしまったのだ。こんなに大変な事に、今更、いや、もう、やるっきゃないか、との思いだった。

そして、電気ピアノの音では納得できず、中古ピアノを求めた。

ソンジン君の弾く、アンコール曲で、私にも手が届く曲を何曲も見つけ、猛練習。

指は動かない。楽譜は読めない。目はかすむ。肩はこる。集中力が続かない。何重苦もあるけれど、やはりピアノは楽しい。

一時期、休憩をとっていた名古屋のグランドピアノは孫のボーイズ二人が母親（長女）の特訓で、すばらしい音色をはなっている。みる間に上達してゆく孫達に刺激を受け、私もやれるだけやろう。と発奮する。

しかしこの我が孫（我が家のソンジン君と呼んでいる）二人のピアノを聴いたら、夫は何と驚きと感動の涙を流した事だろう。

ついこの間迄、名古屋へ行くと夫の布団にもぐり込んで夫をけとばしながら寝ていた、やんちゃな、孫達だったのに。

又、鎌倉で初孫の世話を始めて十年以上、毎日、自分達で育てあげた感のある、孫達。

あの初孫も今年は大学受験である。

小さい時から「お医者さん」を夢見て、励むその姿に、夫は病の床から「ガンバレ！」とエールを送っていた。六人の孫達、すべて個性豊かで、皆、良い子達だ。この子達の成長を見届けられるだけ、見届けたい、そして、夫にみやげ話をたくさんしてあげたい。

私はいくら努力しても孫達のようにはいかない。しかし、夫に私のピアノを聴いてもらう事なく別れてしまった償いとして、生あるうちはがんばれるだけ、がんばって、夫の側に行ったら、コンサートを開き、たくさん聴いてもらおう。

夫が生前中から練習していた、チャイコフスキーの、オクトーバー（十月）を必ず聴いてもらいたい。ロシアの十月は日本と違い、真冬の厳しい寒さだそうだ。枯葉が舞い落ちる様子、と悲しみの涙が流れる様《サマ》を表わすピアノ曲である。

私は夫の命が一瞬、一瞬、短くなっていき、散ってゆく様《サマ》、と、私の心の悲しみが、この曲に乗り移って、弾いていて、涙が出てくるのである。孫娘が、「おばあちゃん、何故、そんな悲しげな曲ばかり弾くの？」と聞く。

又、ソンジンのリサイタルで、涙ながらに聴いた、モーツァルトの幻想曲、ニ短調、この楽譜を見つけた時は、どうしても弾きたい、と思ってしまった。この曲はモーツァルトが母親の死に際し、悲しみを表わした、といわれている。心の葛藤を表わす、激しいパッセージが、ところどころにあり、私にとっては大変ハードルが高く、努力が必要である。そして、苦しみ、悲しみの後に、心晴れやかな明るいメロディーに変る。いつか、私も、心晴れやかになれるよう、たくさん練習して、夫の元に行った時は、コンサートを開いて聴いてもらおう。

楽しみに待っていてね。

必ず楽しみにしていてね。

完

著者プロフィール

田代 孝子（たしろ たかこ）

昭和20年（1945年）新潟県生まれ。
終戦後、東京で育つ。
都立第一商業高校卒業。
三井物産、日本楽器製造勤務。
結婚後、名古屋市で印刷業を営む。
現在、横浜市在住。
クラシック音楽、ピアノと、趣味を生きがいとしている。

いつも音楽があった―私たちの物語

2023年10月15日　初版第１刷発行

著　者　田代 孝子
発行者　瓜谷 綱延
発行所　株式会社文芸社
〒160-0022　東京都新宿区新宿1－10－1
電話　03-5369-3060（代表）
03-5369-2299（販売）

印　刷　株式会社文芸社
製本所　株式会社MOTOMURA

ISBN978-4-286-24510-2